句集

また明日

太田うさぎ

左右社

句集 また明日

目次

I

来々軒

もう春が終はつてしまふ来々軒

濡れてゐる道の遠くを藤の花

噴水へ桃色のガムふくらます

水無月をがあぜのやうに吹かれをり

稜線と空と溶け合ふ祭あと

星一つ強く瞬く水鶏笛

ほつそりと朝焼のまだ及ばぬ木

吾の鼻を打つて槐の落花かな

花オクラ日にち薬は淡く効き

野良猫に長寿の髭や秋日和

きみ行けばさくさくと鳴る秋草よ

名案はときを選ばず烏瓜

色鳥や天地逆さに置く眼鏡

星月夜プラスチックの桶貰ふ

雁渡る罅を大きくかるめ焼

行く秋の水は捩れて水のなか

栞さすやうに十一月の木々

冬薔薇や二頭で動くドーベルマン

鷹飛んで積む座布団の浅葱色

冬鳥の影の羽ばたく会議室

鯉に落ちたり白鳥の飲み零し

寿司桶に降りこむ雪の速さかな

葉牡丹に日の差す伊勢の漬物屋

料峭やもとより暗き橋の下

ひとりとは白湯の寧けさ梅見月

お囃子が遅日の雑木林より

稚児百合に止まりて虻のたぐひかな

茶の新芽人はしづかにすれ違ふ

霞みませう

百千鳥眼傷つくほど学び

ヒヤシンス眠りゐるとき手はどこに

パン屑と名前を貰ふ雀の子

苗売の前髪が目に入りさう

陽炎へ機械油を差しにゆく

胡瓜揉み庭にあめかぜ激しかり

彼が下げ夕張メロン上京す

商標の輝いてゐるバナナかな

蓮池に来て怖い顔してゐたる

短夜の移動遊園地に誘ふ

傾城の髷の涼しき切手かな

美人の湯出てしばらくを裸なり

干海老に氷壁のごと冬瓜は

手の中に石鹸減らす恋の秋

桃の皮神話に雨の降り初めし

雲は空はなれて秋の金魚かな

ことりともせぬ室内の秋薔薇

つむじより始まる頭痛鳥渡る

松手入空を立派にしてしまふ
眦を林檎畑が抜けてゆく

水鳥に何も持たざる手を広げ

やはらかく入日の触れし干菜かな

校庭の隅に心臓持つ兎

寒波来るクーポン券の隅ちぎれ

熱気球見てゐる冬の背中かな

過去からの電話のやうに雪降れり

豆撒や耳のうしろに耳の影

冬すみれ太陽埃つぽくありぬ

四隅より辞書は滅びぬ花ミモザ

霞みませう手に手を取りて目を合はせ

フラダンス

富士額見せて御慶を申しけり

うかうかと昼の月あり土竜打つ

落日といふ熱源へ冬の雁

水音のここ明るしよ草氷柱

恋猫に夜汽車の匂ひありにけり

初燕スーツケースに尻預け

野のものを湯にくぐらせる雛の日

ふらここに皆イカロスのこどもたち

風はまた風をむすんでつくづくし
建ちながら塔の錆びゆく春のくれ

水逃げてときをり風を寄越すなり

老鶯の整へてゆく水景色

坂と坂出会うて下る薔薇の朝

猫が足揃へてゐたる新茶かな

とみる間に金魚の糞の伸びに伸び

フラダンス笑顔涼しく後退る

夏帽子振つて大きなさやうなら

サボテンの花打つ世紀末の雨

誰からも遠く夜濯してゐたる
苧殻焚くちかごろ母の声に似て

うたごゑがほどけあらゆる草に露

野に秋は余談のやうに来るかな

短編がありよりもひそやかに

晩秋やホルンに映る街と雲

三島忌の倒して食べるケーキかな

似顔絵の彼女に木の葉ひとしきり

枯木から枯木へ渡す万国旗

また明日コートひらりとすたすたと

II

雨傘

葉生姜や雨は都を洗ひ上げ

うしろより浪が浪抱く西鶴忌

屠られし鶏の薄目の繊月ほど
国宝の出払つてゐる式部の実

立ちざまに足の触れあふ十三夜

古りゆける秋や伊勢海老売り歩き

神の留守柱は赤を尽くしたり

山ぎはに雲を追ひつめ冬紅葉

狐火や水にひろごる酢のごとく

火の中を走る火の筋十二月

なきがらや睫毛やさしく枯れわたり

小田原に広げる夜着は鶴の柄

寒鮒に金ンを乗せたる日本橋

緋の白の八重の一重の寒牡丹

まつたての雨となりけり藪椿

蜷の道ほどに縺るる恋もがな

沖つ波とろりきらりと雛納

三月や噛まれ細りの馬の柵

雨傘の黒の充実木枯忌

田楽の串に吉野の狐雨

奈落よりあらはれ春の踊かな

切絵図のなかを長閑に商へり

霾や釘の錆びあふ箱の中

雛罌粟のうはべに残る雨の粒

酢洗ひの鰺も谷中の薄暑かな

舟溜誰そひるがほを投げ込みし

簗打や遠嶺は雲と混じりあひ

かはほりに空は文目を尽くしける

枯蟷螂ひと恋ふことのこんがりと

鷹匠に鷹に離宮の小糠雨

幾つかの温室を過ぎ須磨の海

星ごつたがへす寒天干場かな

こゑ見せてひろがる雀女正月

逢ひみてののちの雪掻く日々であり

川風に冷ゆる片頬午祭

近づけば揺れて二月の夜の水

木にひらく絵踏の頃の白き花

子が父の洟拭いてゐる梅林

三月来風にけものの匂ひ混ぜ

永き日のバスは埠頭へ向かふなり

春雨や源氏の恋を貝の内

手櫛して爪衰ふる桜の夜

鯛釣草ここは蓬萊一丁目

いま少し一緒に東風に吹かれゐむ

東京の若葉の頃を別れけり

蟻這うて予備校の昼明るかり

昼顔や手首を余る腕時計

今年竹あをぞら深く打合ひぬ

人類の午後のポピーと飛行船

日盛をなめらかに来る車かな

空をまだ虹の成分たゞよへる

旅一つ終はりて金魚買ひ足しぬ

糸とんぼついと眼鏡之碑を離る

星揃ひ噴水は穂を休めたり

涼新たものおもふとき水を見て

階段の隅を水ゆく終戦日

鹿の恋うしろに池の照り続け

そら豆のやうなる月へ歩くかな

落鮎の頃なり雲が雲を呑み

くちびるのけふはひよんの実吹くにあり

レモンティー

如月や旅の始めの白ワイン

晴ときどき蝶テーブルも椅子も白

鳥の恋一棟白く塗り直す

木の椅子に木の笛置いて春休み

風船がベビーベッドに降りたがる

入社式なんてさ西武ゆうえんち

桃あんず再放送のやうな午後

ふらここやあすこのお家灯るまで

亀鳴くや胡麻ほつほつとがんもどき

たんぽぽの絮が松屋へ吉野家へ

ライラック傘差して傘取りにゆく

千騎来るごとく端午の雨の音

走り梅雨受話器静かに置く怒り

レモンティー雨の向うに雨の海

濡れてゐることを知らない目高たち

星下ろすごとく風鈴下ろしけり

青山河じぶんの肘の見えにくく
すててこやお城に赤い日が沈む

島を出て島の花火を眺めよう

遠泳のこのまま都まで行くか

早稲の花なんとなく鉄塔が好き

きつねのかみそり迷子になつてゐないふり

菊褒めてドライクリーニングを頼む

薄原きらり少年とは速度

きれいな夜水すれすれに檸檬浮き

木となつてしまふ夜長のものがたり

目が痒し冬のてんたうむしだまし

小春日の有機野菜とフォーク歌手

ぴゆつと出て鴨南蛮の葱の芯

或る男箱に狐火持ち歩き

真ん中に達磨ストーブ船を待つ

ウルトラマン一家の系図山眠る

春は曲者

川音が山のすべてや今朝の秋

秋の蜘蛛雨の谷へと下がりけり

威し銃空のとほくの明るくて
灘の月ぐぐと上りてとどまりぬ

晩秋や雲ごと動く多摩の空

枯るる大地に二股の滑り台

影を捨て冬夕焼へ鳥たちは

裸木のラジオ体操広場かな

短日や眼鏡に双眼鏡を当て

圧力がかかり大根は風呂吹に

煤逃の円をユーロに替へにけり

だまし絵のやうに猫ゐる年の暮

葉牡丹の眠たく開く婚約期

羊歯類に雨のまつはる二月かな

春は曲者老人を鶴に変へ

最上川雛の後ろを流れけり

永き日の木の影は木につながりぬ

手鏡を伏せれば蝶の溺れけり

春の月より下ろしたる梯子かな

惜春や貝に盛らるる貝の肉

川幅を水は急がず竹の秋

ゆっくりと吹かれて染井吉野は葉

なつかしき朝でありけり更衣

鼻が邪魔ソフトクリーム舐めるたび

父の日やテレビの中に雨が降り

若き父たちにマロニエ咲きにけり

水遊び足の間を葉の流れ

二杯酢に叩き胡瓜の種泳ぐ

救命の浮輪を吊つて涼み船

泣いてゐるやうに寝てゐる日焼かな

III

なまはげ

ご神木仰ぐと汗が目に入る

目を一度こすりて鯖の文化干

アロハシャツ大本山を下りて来し

拝聴す大きな瓜を撫でながら

どぶろくや眼鏡のつるの片光り

星飛んで一気に剝がすサロンパス

下駄宙を切るや蓮の実これに倣ふ

柚子一滴目玉おやぢの湯の溢れ

顔渋く十一月のうどん食ぶ

義士の日や家に戻れば手を洗ひ

忘年や気合で開ける瓶の蓋

やがて皆壁に凭れて年惜しむ

伊藤忠商事へラグビーボールの弧

ラグビーの主に尻見てゐる感じ

生き生きと人に父あり薺粥

なまはげのふぐりの揺れてゐるならむ

凧揚は凧から逃げてゐるかたち
あさはかなそれも恋なり春スキー

転がして運ぶ卓袱台春の山

亀戸の大きな春の荷物かな

桜さんぐわつ蒲鉾の嚙みごたへ

石鹼玉賽銭箱に入らむとす

春雷や烏賊が足巻く皿の上

下腹のちからを抜けば桜散る

モニターに白蟻駆除の二人組

視力表貼り付けてある夏座敷

花莫蓙に腕立て伏せの崩れけり

足ゆびのおほきく見ゆる水中り

サンダルの赤をさみしく思ふ日も

西日いまもつとも受けてホッチキス

Tシャツに曰くバナナの共和国

夏鳶や段々畑の果ては海

乳腺図

暖房機しくしくふうと止まりたる

冬館辞してぐらりと酔ひにけり

冬薔薇の噛みつきさうな赤さかな

太く綯ふ新吉原の注連飾

勾玉やまた寒林の夢を見て

太陽を後ろに回し梅の花

閃きのごとくに蕊や梅の花

天神の裏のまんさく日和かな

歪ませて過去はうるはし雛あられ

としへは何やら眠し吊し雛

テーブルに預ける乳房リラの昼
傍らのハンカチ白き読書かな

風ぬるく夜の始まるラム・コーク

家計より薔薇数輪の出てゆけり

梧桐の触れてゐる空もうすぐ雨

青梅雨を乳房あらはに技師とゐる

枕橋水母は水を抱きあつめ

明易し鷗にくれる鮫の腸

乳腺図即ち烏瓜の花

石英の白さの月下美人咲く

新涼のすなほな顔でありにけり

みづうみのやうな夕空梨買はむ

名月を胸の欠け処に嵌め戻る

地に落ちて艶の加はる虚栗

いくたびも銀河の岸に呼ぶ名前

蔓を引くすべての道の目映さに

とある日の

夕方が町に来てをり冷奴

ほうたるに瓜実がほの近寄りし

歳月の流れてゐたる裸かな

池の面に松葉の刺さる油照

草むしり土恥づかしく現れし

空蟬に逆光集め鈴ヶ森

蚊帳吊草まだらに青む夜の空

流蛍や稜線は夜を欺かず

立秋の庭木に触れて家に入る

雲の向き変はりふうせんかづらは実

一種爽やか空腹のはじまりは

ゐた人の消えコスモスの曲り角

豊の秋簡易トイレに山羊つなぎ

古酒くるむ信濃毎日新聞紙

ひとところ空の黄色き秋出水

橡の実や乗つて愉しき口車

都鳥よろづのみづにふれてきし
家族来て小さき焚火を始めたり

花石蕗に日の差してゐる歌謡曲

なだらかな坂数へ日のとある日の

懸大根妻が夫に近づきぬ

楪の下に小声のどつこいしよ

追儺の夜さてどら焼きのゆきわたる

ぼたん雪十割る三の一余る

バレンタインデー赤松に風ゆたか

囀れり川面を低く飛ぶときも

おほぞらに針の眩しさ鶴帰る

春蟬を聞いた服から乾き出す

山伏が登つて来るぞ松毟鳥

熊ん蜂目が三角になつてゐる

卒業写真取り出してゐる機上かな

時速百キロ次々に山笑ふ

風光りをり断水の昼下り

この丘の見ゆる限りの春惜しむ

俳句の場面(シーン)をめぐって

仁平勝

俳句の場面(シーン)は、実景がその題材だとしても、言葉で創られたフィクションにほかならない。だから俳人には、言葉をどう使うかという芸が必要になるが、太田うさぎは、なかなかの芸達者である。まずは、こういう句から入ろうか。

誰からも遠く夜濯してゐたる

風呂に入りながら下着を手洗いしている。さしずめそんな場面だろうか。そのときふと「いま、独りだな」と思った。うまく説明できない感覚で、「孤独」といえば野暮になる。それを「誰からも遠く」と表現してみせた。読者はそこで自分の知人を何人か思い浮かべ、その映像をズームアウトしていく。言葉による絶妙なカメラワークといっていい。

ごく日常的な題材でも、言葉の芸によって新鮮な場面に変貌する。太田うさぎのばあい、まず何より実景にたいする目のつけどころがユニークだ。

苗売の前髪が目に入りさう
フラダンス笑顔涼しく後退る
なまはげのふぐりの揺れてゐるならむ

苗を売る人を詠むのに、その前髪が顔の前に垂れているところに目をつけ、しかもそれを「目に入りさう」といってみせる。フラダンスを「笑顔涼しく」と表現するのは、俳句ならまあ普通だとして、「後退る」までいうところが可笑しい。そして「なまはげ」では、こともあろうに「ふぐり」に注目する。

俳句の場面を創るには、省略もまた重要になる。省略といっても技法はさまざまで、その効果も一様ではない。

真ん中に達磨ストーブ船を待つ
陽炎へ機械油を差しにゆく
裸木のラジオ体操広場かな

一句目はオーソドックスな省略だが、巧い句だと思う。場所が船着き場の待合室であることは「船を待つ」という言葉でわかる。そして「達磨ストーブ」とくれば、地方の鄙びた船着き場だろう。さらに「真ん中に」から、達磨ストーブの周囲にあるベンチで、船を待つ人々の像が見えてくる。

二句目は、機械油を差す物が省略されて、その物のまわりに陽炎が立っている。読み間違えないでほしいが、「陽炎へ」だから、陽炎に機械油を差すわけではない（彼女はそういう外連味を好まない）。といっても、いわば俳句的喩として、一句がそうした錯覚を誘う効果は計算されている。

三句目は、助詞の「の」に俳句独特の省略がある。散文では通用しない用法だ（「ラジオ体操広場の裸木」なら散文で通じる）。これはラジオ体操をする広場に、いま人がいないのだ。すると本来は賑やかな場所が、まるで殺風景になる。そうしたギャップを、「ラジオ体操広場」が「裸木」そのものであるように表現してみせた。

　詩の言葉は、たんに意味を伝える機能には従属しない。そして俳句という定型詩では、五七五の定型が言葉を散文的な文脈から解放し、俳句の言葉は、一義的な意味の枠を超えて喩的な効果を生む。先に「俳句的喩」といったのはそのことだ。

　パン屑と名前を貰ふ雀の子
　夏帽子振つて大きなさやうなら
　奈落よりあらはれ春の踊かな

一句目は、雀の子にパン屑をあげて、ついでに名前をつけたわけだ。それを「パン屑」と「名前」とのセットにして「貰ふ」という言葉につなげた。そうすると、なんだか洗礼でも受けているような面白さが出てくる。

二句目は、ようするに夏帽子を大きく振ったわけだが、それを「大きなさやうなら」というふうに表現した。たしかに帽子の振り方には、別れを惜しむ感情が出る。遠くでいつまでも帽子を振っているのだろう。そう思うと、この変な日本語に納得させられる。

三句目の「奈落」とは、舞台の床下に造られた空間のことで、そこから迫り出しの装置で踊り子が登場したところだ。でも「奈落」といえば、読者は必ず地獄を連想する（もともとその意味だし）。作者の狙いもそこにあって、暗い奈落（地獄）と華やかな「春の踊」を取り合わせた趣向になる。

取合せという技法は、なにも二句一章で季語を取り合わせるだけではない。

菊褒めてドライクリーニングを頼む
小春日の有機野菜とフォーク歌手
富士額見せて御慶を申しけり

一句目は、洗濯屋の店先にある菊を褒めたわけだ。それをこう詠むと、「菊」と「ドライクリーニング」の取合せになる。二句目は、有機野菜とフォーク歌手を並べたところがいい。フォーク歌手の思想的な健康志向（？）にたいするアイロニーが、冬のポカポカ陽気と通じ合う。三句目は、「御慶」に「富士額」を取り合わせた。その目のつけどころもユニークだが、そこに富士山の像が重なってくることも勘定に入っている。

太田うさぎの句は、一貫してウィットが効いている。余談をはさむと、私は十人ほどの仲間と句会をやっていて、うさぎさんはそのメンバーである。そこで「青蜜柑」という席題が出たとき、彼女が即座に「青蜜柑酸っぱしいまさら再婚など」とつぶやいた。鈴木しづ子の句「夏みかん酢つぱしいまさら純潔など」のパロディだが、これはもう先天的な言葉のセンスといっていい。

美人の湯出てしばらくを裸なり
忘年や気合で開ける瓶の蓋
ラグビーの主に尻見てゐる感じ

どれも一読してニヤリとさせられる。解釈は不要だろう。ちなみに一句目には、口語と文語が交じっているといった批判も出そうだが、それは嗜好（あるいは流派の意匠）のもんだいであって、俳句の価値とは関係ない。だいいち「美人の湯出でて」では、一句のユーモアが台無しです。

最後に、私がとりわけ魅了されている不思議な句を引いておきたい。

　　過去からの電話のやうに雪降れり

しんしんと降る雪は、なぜか遠い記憶を引き寄せる（草田男なら明治を想う）。だから「過去」は平凡だが、「電話」という比喩はふつう出てこない。読者には、雪が周囲の音を吸い込んでしまう静寂さのなかで、リーンリーンと（昔の！）電話のベルが聞こえてくる。そして向こうの電話口には、少女時代の作者がいる気配がする。幻想的な句だが、太田うさぎの手に掛かると、俳句の場面はこんなふうにも成り立つ。

あとがき

　俳句との縁を持ったのは一人暮しを始めた小さな町の小さなスナックだった。あの夜あの扉を開かなければ、しがない事務員が俳句というワンダーランドに足を踏み入れることはなかったし、四半世紀近く後にこのあとがきを書くこともなかった。縁とは本当に不思議なものだ。

　句集を出すことについてはこれまで幾度となく勧められた。水草のように過去の俳句に搦め取られたままでは先へ泳いでいくことが出来ないのだと。その声に耳を傾けながらも、何とはなしにそのときそのときの句会や同人誌への投稿を楽しむ月日を重ねて来た。

　怠け者といえばそうなのだが、機は自ずから熟すのだと、どこかで信じていたような気がする。幸いにもこの二十数年というもの多くの出会いに恵まれた。

昨年、左右社から思いがけず句集出版のお誘いを頂いたのも幸運な出会いの繋がりがもたらす縁であり、私にとっての機の訪れだったのだと思う。


俳句を作ることと服を着ることは似ている。

最初に参加した同人誌の挨拶にそう書いた。その印象は今も変わらない。一枚の白いシャツだけでも何通りもの着こなしがある。着飾ったり、着崩したり。流行りの波に乗ってみたものの全く似合わず落胆することもあれば、ちょっとした工夫が功を奏することもある。そんなことを繰り返すうちに吊り下げた服が押すな押すなの賑わいとなってしまった。

佐藤文香さんが乱雑なクローゼットに分け入り、一緒に整理整頓する役を担って下さった。一緒にと言うが実はかなりの部分を頼っている。

左右社の筒井菜央さんにはその作業を外で辛抱強く見守って頂いた。お二人の励ましと忍耐には感謝してもし足りるものではない。

また、ぴったりの装幀を考案下さった佐野裕哉氏にもお礼を申し上げなければ。間接的ながらデザイナーの仕事を垣間見られたのも貴重な経験だった。

お忙しいなか解説を快くお引き受け下さった仁平勝氏への深謝の念はどう表せばよいだろう。私は長いこと氏の文章のファンである。タイムマシンで戻れるならば、『俳句研究』の氏の時評を貪り読んでいる自分に「この先驚くようなことが待っているよ」とそっと耳打ちをしたい。

そして、これまで句座を共にしてきたすべての友人、先輩方。ありがとうございます。皆さんがいたからこそ、今の私もこの句集もある。

最後に、この本を手に取って下さったあらゆる方々にも。

どうもありがとうございます。

また、明日。

二〇二〇年四月

太田うさぎ

太田うさぎ　おおた・うさぎ

一九六三年　東京生まれ
一九九七年　俳句同人誌「や」入会（二〇〇五年退会）
二〇〇〇年「豆の木」同人
二〇〇六年「雷魚」同人（二〇一四年終刊）
二〇一五年「なんぢや」同人
二〇一九年「街」入会
二〇一〇年、二〇一四年「豆の木」賞受賞
現代俳句協会会員

句集　また明日

二〇二〇年五月三十一日　第一刷発行

著者　太田うさぎ
発行者　小柳学
発行所　株式会社左右社
東京都渋谷区渋谷二-七-六-五〇二
TEL　〇三-三四八六-六五八三
FAX　〇三-三四八六-六五八四
http://www.sayusha.com

装幀　佐野裕哉
企画協力　佐藤文香
印刷所　創栄図書印刷株式会社

ISBN978-4-86528-276-4